Geronimo Stilton

星际太空鼠

亲爱的新船员，
欢迎加入太空鼠的大家庭！

这是一个在无尽宇宙中穿梭冒险的科幻故事！

亲爱的新船员：

我告诉过你们我是一个科幻小说的狂热爱好者吗？
我一直想写一些发生在另一个宇宙的冒险故事……
可是，所谓的平行宇宙真的存在吗？
就这个问题，我咨询了老鼠岛上最著名的伏特教授，你们知道他是怎么回答我的吗？

他说，根据一些科学家的研究发现，我们所处的宇宙并非唯一，世上还存在着许多不同的宇宙空间，其中有些甚至跟我们的宇宙很相似呢！在这些神秘的宇宙空间，或许会发生许多超出我们想象的事情。

啊，这个发现真让鼠兴奋！这也启发了我，我多希望能够写一些关于我和我的家鼠在宇宙中探索新世界的科幻故事啊！而且，我想到一个非常炫酷的名字——《星际太空鼠》！

在银河中遨游的我们，一定会让其他鼠肃然起敬！

伏特教授

船员档案

杰罗尼摩·斯蒂顿
（杰尼）

赖皮·斯蒂顿
（小赖）

菲·斯蒂顿

机械人提克斯

本杰明·斯蒂顿和
潘朵拉

马克斯·坦克鼠爷爷

银河之最号

太空鼠的宇宙飞船,太空鼠的家,同时也是太空鼠的避风港!

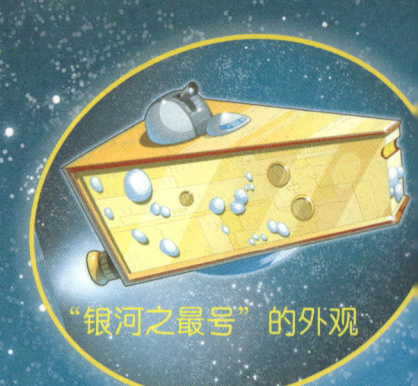

"银河之最号"的外观

1. 控制室
2. 巨型望远镜
3. 温室花园，里面种着各种植物
4. 图书馆和阅读室
5. 月光动感游乐场
6. 咔嗞大厨的餐厅和酒吧
7. 餐厅厨房
8. 喷气电梯，穿梭于宇宙飞船内各个楼层的移动平台
9. 计算机室
10. 太空舱装备室
11. 太空剧院
12. 星际晶石动力引擎
13. 网球场和游泳池
14. 多功能健身室
15. 探索小艇
16. 储存舱
17. 自然环境生态园

"银河之最号"新船员登记表

请画出专属于你的太空鼠头像

新鼠信息

我以宇宙奶酪的名义发誓，以下信息一定认真如实填写。

编号_____

姓　　名_____

出生星球_____

性　　别　男鼠☐　女鼠☐（请打√）

年　　龄_____　　毛　色_____

鼻子长度_____　　胡须长度_____

耳朵长度_____　　尾巴长度_____

是否对奶酪过敏　是☐否☐（请打√）

是否对太空感冒药过敏　是☐否☐（请打√）

是否有过太空船驾驶经验　是☐ 否☐（请打√）

是否适应远距离瞬间传送装置　是☐ 否☐（请打√）

填写后请仔细检查，本信息将由全息程序鼠统一存档。

"银河之最号"船员守则

1. 保持勇气!
2. 信任和团结你的太空鼠伙伴!
3. 聆听坦克鼠爷爷等老太空鼠的忠告!
4. 保护好本杰明这帮小太空鼠!
5. 珍爱并保护一切外星生命!
6. 智慧永远比暴力管用!
7. 时刻保持镇定和冷静!

图书在版编目（CIP）数据

果冻侵略者 /（意）杰罗尼摩·斯蒂顿著；顾志翱译. -- 成都：四川少年儿童出版社，2019.6（2021.10重印）
（星际太空鼠）
ISBN 978-7-5365-9504-0

Ⅰ. ①果… Ⅱ. ①杰… ②顾… Ⅲ. ①儿童小说－中篇小说－意大利－现代 Ⅳ. ①I546.84

中国版本图书馆CIP数据核字(2019)第111932号
四川省版权局著作权合同登记号：图进字21-2019-065

出版人	常 青
总策划	高海潮
著 者	[意]杰罗尼摩·斯蒂顿
译 者	顾志翱
责任编辑	王晗笑 何明静
封面设计	汪丽华
美术编辑	徐小如
责任印制	王 春 袁学团
书 名	GUODONG QINLUEZHE 果冻侵略者
出 版	四川少年儿童出版社
地 址	成都市槐树街2号
网 址	http://www.sccph.com.cn
网 店	http://scsnetcbs.tmall.com
经 销	新华书店
印 刷	成都兴怡包装装潢有限公司
成品尺寸	195mm×145mm
开 本	32
印 张	4.25
字 数	85千
版 次	2019年8月第1版
印 次	2021年10月第7次印刷
书 号	ISBN 978-7-5365-9504-0
定 价	25.00元

Geronimo Stilton names,characters and related indicia are copyright, trademark and exclusive license of Atlantyca S.p.A. All Rights Reserved. The moral right of the author has been asserted.

Text by Geronimo Stilton
Original cover by Giuseppe Facciotto and Flavio Ferron, adopted by Sichuan Children's Publishing House Co., Ltd
Art Director : Iacopo Bruno
Graphic Project: Giovanna Ferraris / theWorldofDOT
Illustrations by Giuseppe Facciotto, Daniele Verzini
Artistic Coordination: Flavio Ferron Artistic Assistance: Tommaso Valsecchi
Graphics: Chiara Cebraro
© 2013, 2016 by Edizioni Piemme S.p.A.
© 2018 Mondadori Libri S.p.A. for PIEMME, Italia
© 2019 for this work in Simplified Chinese language, Sichuan Children's Publishing House Co., Ltd
International Rights ©Atlantyca S.p.A., via Leopardi 8-20123 Milano-Italia-foreignrights@atlantyca.it-wwwatlantyca.com
Based on an original idea By Elisabetta Dami
Original title: Minaccia dal pianeta Blurgo
www.geronimostilton.com
Stilton is the name of a famous English cheese. It is a registered trademark of the Stilton Cheese Makers' Association. For more information go to www.stiltoncheese.com
No part of this book may be stored, reproduced or transmitted in any form or by any means, electronic or mechanical, including photocopying, recording, or by any information storage and retrieval system, without written permission from the copyright holder. For information address Atlantyca S.p.A.

若发现印装质量问题，请及时与发行部联系调换。
地 址：成都市槐树街2号四川出版大厦六层四川少年儿童出版社发行部
邮 编：610031 咨询电话：028-86259237 86259232

Geronimo Stilton

星际太空鼠

果冻侵略者

[意] 杰罗尼摩·斯蒂顿 ○ 著
顾志翱 ○ 译

四川少年儿童出版社

目录

我的宇宙奶酪呀!	14
我有点晕!	22
我到底是不是船长?	29
什么臭味?	38
丢脸丢大了!	42
注意……黄色警报!	54
这里一定有古怪……	58
欢迎新朋友	64
宇宙之大,无奇不有	70

嗯……哪里不太对劲？	75
牛奶任务	80
你们中计啦！	86
小心果冻怪！	90
砰！砰！砰！	98
果冻怪突袭！	104
我要挑战你！	110
超级星球挑战！	115
太空鼠团队上下一心！	120

如果我们能够穿越时空……

如果在银河的最深处有这样一艘宇宙飞船，上面住的全部都是太空鼠……

如果这艘宇宙飞船的船长是一个富有冒险精神又有些憨憨的太空鼠……

那么，他的名字一定叫作杰罗尼摩·斯蒂顿！

我们现在要讲述的就是他的冒险故事……

你们准备好了吗？

快来跟着杰罗尼摩一起去星际旅行，穿梭神秘浩瀚的宇宙吧！

我的宇宙奶酪呀!

"银河之最号" 是一艘全宇宙最与众不同的宇宙飞船,而一切都是从这里一个平静的早晨开始的。

飞船在 **饺子银河系** 正以 **超光速** 飞行着。

我还在房间里呼呼大睡的时候,一个身影悄悄地来到了我的身旁,伴随着一阵机械鼠的尖叫声,我的耳边响起了:"黄色警报!黄色警报!**黄色警报!**"

我一下子蹦了起来，像是被**螃蟹**的钳子夹到了一样。

等我睁开眼睛，才发现眼前的不是别人，正是我的**机械鼠管家先生**——他既是我的管家、秘书，也是我的厨师……

我的宇宙奶酪呀!

"**我的宇宙奶酪呀!** 发生了什么事?有外星人入侵吗?飞船被陨石撞击了?还是我们有船员感染了金星伤寒?"机械鼠管家先生用他那特有的机械声音宣布道:"早上好,斯蒂顿船长。现在是星际时间早上七点整,您该起床了,您该起床了。"

我不禁念叨起来:"机械鼠管家,我和你说了多少次,不要用黄色警报来叫醒我,你就不能放一些轻松的音乐吗?比如银河交响曲?"

但他说道:"我拒绝,船长先生。黄色警报是唯一一种能够叫醒您的方法,请起床,请起床,请起床!"

这时,机械鼠管家的背后突然伸出了一只机械手臂,一把抓住了我的尾巴将我高高提起,

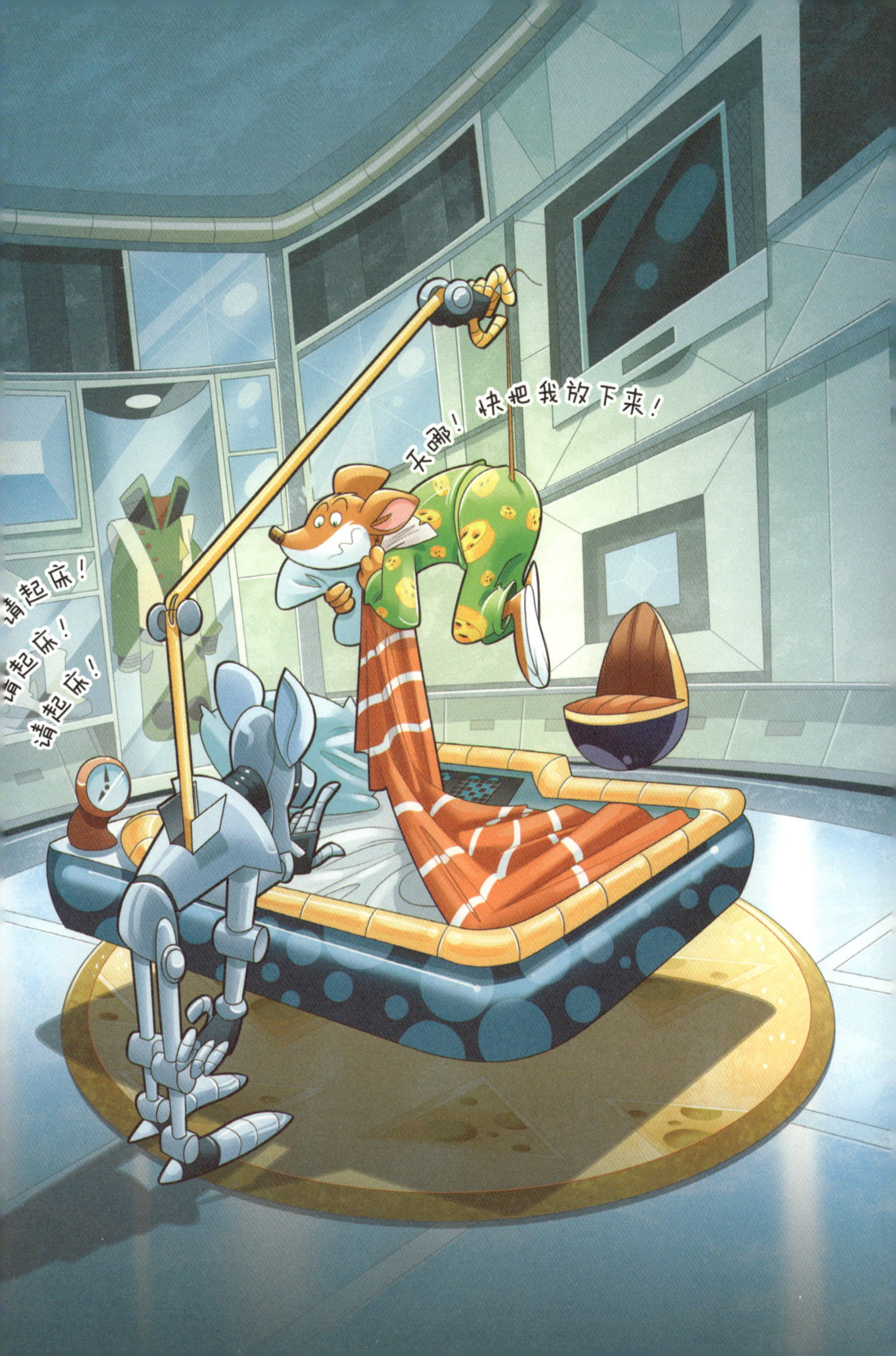
天哪！快把我放下来！
请起床！
请起床！
请起床！

就像用鱼钩钓到一条金星鳕鱼一样。

我大叫道:"救命啊！快把我放下来！我答应你会用飞一样的速度做好一切准备！"

我的话音刚落,他就突然放开了夹子,而我则……**砰！**重重摔到地上,鼻子着地,胡子差点儿被压断了……痛死我了！

然而,机械鼠管家依然用冷冰冰的声音说道:"斯蒂顿船长,您已经迟到了……赶紧洗漱,赶紧洗漱,赶紧洗漱！"

我曾经穿梭银河经过上千个星系,他怎么可以这样对我！我可是这艘宇宙飞船的船长呢！对了,我实在是太粗心了,居然还没作自我介绍！

我叫斯蒂顿,**杰罗尼摩·斯蒂顿**,大家都叫我杰尼。我是"银河之最号"的船长,而"银河之最号"是全宇宙最特别的一艘飞船！

闪亮泡泡机

其实，我的梦想是成为一名作家！我**日日月月年年**都在想着要写一本名为《星际太空鼠》的宇宙冒险故事书！但是我一直都没能动笔，因为**每天**都有需要解决的问题围绕在我身边。当我还沉浸在自己的思绪里时，机械鼠管家再次抓起我的尾巴，把我塞进**闪亮泡泡机**里——这是一台专门清洗太空鼠的神奇机器。机器的门才刚关上，一股……**冰冷**的水柱就立刻喷射出来！

第一步：清洗

第二步：泡泡浴

第三步：吹干

我的宇宙奶酪呀！

我顿时大叫起来："机械鼠管家！水是冷的！啊啊啊啊！"

这时，三把旋转着的刷子已经紧紧卡住了我，并在我的身上又搓又擦。

"机械鼠管家！这些刷子又拽住我的耳朵啦！"

最后，一股热风从出风口的地方喷射出来，用来吹干我的身体，但是……

"机械鼠管家！这里的风怎么那么烫，烫得快把我烤熟啦！"我好不容易摇摇晃晃地走出了闪亮泡泡机，然后花了些时间来梳理我的皮毛，这才回过神来！

此时，衣柜门已经自动打开了，里面传出全自动衣橱的声音："斯蒂顿

我的宇宙奶酪呀！

船长，建议您今天穿**高级制服**，因为您稍后会在控制室和前船长——马克斯·坦克鼠爷爷见面……"

"**什么？什么？什么？** 坦克鼠爷爷会来控制室？今天？哦，天哪！"

我有点晕!

"**快穿衣服!快穿衣服!快穿衣服!**"机械鼠管家再次催促道,同时递给我那件带有**超多装备的高级制服**。

我试着将制服穿上,但是我太胖了。哦,天哪,我没法拉上**拉链**!

"我来帮您,船长先生!"机械鼠管家说道,"您放心,我一定可以**拉上它!拉上它!拉上它!**"

他一边说着,一边抓住我,把我转过来,再拧过去,然后折起来又压压紧,直到……**嗖**的一

斯蒂顿船长超多装备的高级制服

腕口带有内置麦克风

领口竖直，防止太空气流灌入

多功能腰带，带有语言转换功能，可以实时识别各个星系的语言

太空鼠徽章，金色奶酪图案

特制的靴子，方便在太空漫步

鞋底有气流喷射装置，保证在无重力状态下有推进动力

我有点晕!

声!拉上拉链为止!

好不容易穿上了衣服,可是我连气都透不过来了!我试着向机械鼠管家抱怨几句,但是他丝毫没有理会,继续说:"请快一点!**太空的士**已经等着了!"他抓着我的尾巴,将我拉到了太空的士的停车点。这是在"银河之最号"内部常用的交通工具。

他对司机说:"请将斯蒂顿船长**送到**喷气电梯处,他要去控制室!用最快的**速度!**"

我嚷嚷着:"救命啊!我最受不了太空的士了!放我下来!

我晕车!!!"

一切都为时已晚!我一下子感到一阵**晃动**,这感觉就

我有点晕！

像是……吃了一份加了双份奶油的冥王星奶昔配上土星奶酪！在下车之后，我步履蹒跚地**走向**喷气电梯时，感到有什么东西碰了碰我的尾巴，回头发现一个机械人正在**冲着我笑**。

我一下子认出了他！

他是**机械人提克斯**！

这是一个多功能的小型机械人，具有自动学习功能，非常自律，喜欢纠正别人的错误，也会飘浮。而且，要我说的话，他还挺固执的。他觉得自己**知道所有的事情**，而且永远认为自己是对的，还从来不承认自己的错误，并且每次**讨论**的最后总是由他收尾！

机械人提克斯收起了笑容，问道："有什么需要帮助的吗，斯蒂顿船长？您是迷路了吗？您是在找**喷气电梯**去控制室吗？"

我有点晕!

我回答说:"呃……不是的,事实上……"

但是,显然他并不想听我解释,继续说道:"没问题,斯蒂顿船长!我一看就明白您需要帮助了!请跟我来!"

我还没来得及对他说我可以自己来,他就已

机械人提克斯

"银河之最号"的多用途机械人

原居地:他是在"银河之最号"上被制造出来的
特长:跨星系远程通讯
特点:多用途机械身体
缺点:超级唠叨,总是不肯先住嘴

我有点晕！

经拽住了我的**尾巴**，并且把我拖向一根长长的透明通道："快，请进入喷气电梯吧！然后请按下S.C.——控制室的按钮。"

我也放弃了抵抗，乖乖走进透明通道，然后按下了S.C.按钮。刚松开手，一股强劲的**气流**将我整个人抬了起来，随即我就像一枚**登月**火箭一样飞了起来！说实话，我可能永远都无

我有点晕!

法**习惯**这种喷气电梯!而且,无论我去哪个**星系**,晕车的毛病总是无法解决!

星际百科全书

喷气电梯

所有鼠都知道,喷气电梯是宇宙飞船里最舒适、最快捷的移动工具。它由几根玻璃管道组成,乘客进入管道后会被吸到相应的楼层。

我到底是不是船长？

在被喷气电梯*吸到控制室*后过了没多久，我终于回过神来。

我舔着胡须，脑子里想的都是我那杯月亮**奶酪浓汤**了。每天早上我来到控制室的时候，它都已经被放在船长座位边上了，这是我的早餐！

但是，今天我却还有一丝**忧虑**……幸好爷爷还没来。

我的表弟小赖*一见到我，就马上问我："杰尼，你带饼干和奶酪来*庆祝*我们的新任务了吗？"

我回答道："*什么新任务？*"

*小赖：赖皮的昵称。

我到底是不是船长?

小赖听到后,失望地摇了摇头:"表哥,你怎么一直这样傻傻的啊!没有饼干,也没有奶酪……你这个船长是怎么当的啊?"

而我,为了向他证明我是一个真正的船长,自信地坐上了主控制位;同时,为了让他明白我很称职,我随便按下了座位扶手上的一排我从来没有按过的按钮!

噌!噌!噌!

突然,几只机械手臂从座位底下伸了出来。其中有一只手臂对着我开始喷射灭火泡沫!一只手臂抓住了我的尾巴!另一只手臂向着我的双脚洒水!还有一只手臂托着一盘奶酪面包递给了我!

正在此时,控制室的门打开了,我心里一惊,

我到底是不是船长?

犹如跌进了 冰窖 一样……

一个我非常熟悉的声音在房间里回响:"我的笨蛋孙子,你到底在搞什么?"

我的宇宙奶酪呀! 坦克鼠爷爷来了!

海军上将 马克斯·坦克鼠爷爷 是"银河之最号"的前船长,现在他已经退休了。他按

我到底是不是船长?

下一个按钮后,座位下的机械手臂就全都收回去了。

接着,坦克鼠爷爷一屁股坐到了我的位子上,把爪子放在扶手上,这还不够,他还开始喝起了我的月亮奶酪浓汤!

我主动打招呼说:"您、您好,爷爷!您这次过来看我,我需要准备些什么吗?"

爷爷吼道:"过来看你?你这个笨蛋孙子!

我才不会没事来探望你呢,难道你没看到我穿着这身高级的船长**制服**吗?"

他看了我一眼,继续说:"我从我那间**舒适的**超级豪华房间大老远跑到这里来,主要是因为一个很严重的问题——'**银河之最号**'就快要爆炸了!"

"什么,什么,什么?您是说'银河之最号',我们这一艘最与众不同的太空飞船马上要爆炸了?!这样看来情况**很严重,非常严重,比严重更严重**了。可是,为什么……"

坦克鼠爷爷用力吸了三口我的那杯奶酪浓汤,然后失望地**摇了摇头**:"我敢打赌你一定想说,为什么**没有鼠**告诉你。"

我回答说:"呃……是的,我确实在想为什么没有鼠告诉我?"

我到底是不是船长？

"因为这件事情你早就应该知道了！你算不上是一个真正的船长，你只是一个什么都不懂的**笨蛋！**我真后悔当时把**船长**的位置交给你，现在看来也许你的妹妹菲更适合。"

这时我开始真的有点担心了："爷爷，您说'银河之最号'要**爆炸**是真的吗？"

爷爷有些不耐烦地说："啊，小孙子，难道我还要把所有的事情一件件向你解释吗？你知道我们宇宙飞船的**发动机**是采用什么原理工作的吗？"

我回答说："嗯……当然知道……发动机是依靠星际晶石电池，吸收星际间的能量来提供飞行动力。"

爷爷继续说："那如果这些星际晶石电池**过热**会出现什么状况？"

我到底是不是船长？

我吞吞吐吐地回答道："呃！这个……让我想一下……也许……引擎会**爆炸**？"

爷爷气急了："当然！而我们就会像一团团牛油一样在锅里融化！"

我**颤抖**了一下，一想到牛油在锅里融化的样子，实在让我

星际百科全书

星际晶石

所有鼠都知道，宇宙飞船之所以能够在太空中飞速行驶，是因为借助了星际晶石电池提供的强大动力。星际晶石这种物质可以存在亿万年，是非常罕见的。所以在进行星际间长途旅行之前，大家最好检查一下是否带上了足够的备用电池。

我到底是不是船长?

不寒而栗!

爷爷继续说:"幸好有我在这里,我已经想到了解决方法。要解决引擎的问题,就需要更换电池!

"不过我们所需要的星际晶石非常罕见,只在极少数的几个行星上存在,但是我们必须找到它!"

"没问题,爷爷,可是……您刚才说的'我们'是什么意思?您不是已经退休了吗?"

"杰尼,虽然我让你当了飞船的船长,但是只要我愿意,我也能够收回你这个船长的职务。"

你的脑子里总是缺这么一根弦!

我到底是不是船长？

"可是，爷爷，如果您取消了我船长的职务，我在我所有的朋友面前，所有的船员面前，还有整个**宇宙**所有飞船的船长面前该有多丢脸啊！"

"我的小孙子，你的脑子里总是缺这么一根弦。面对如此**重要**的一个问题，你需要有一个鼠在一边拿着棍子敲打你，这样你才不会犯错误。而我，就是那个能够**鞭策**你的鼠！"

爷爷说得没错，如果我犯了什么错，爷爷还真是那个会打我的鼠！而且他打起来**超级痛**！

爷爷继续说："当你还在睡觉的时候，我已经在距离我们只有三光年的位置找到了一颗**行星**——果冻星，我们得赶紧出发了！"

我试着说："可是爷爷，我的小说还没有写完呢！"

但他完全不在乎我的想法，说道："这是命令，小孙子，现在**我**命令你按照**我**说的话去做！"

什么臭味?

这时,控制室的门自动打开了。

我**亲爱的**小侄子本杰明朝我跑了过来,和他一起的还有他的**好朋友**潘朵拉。

本杰明说:"你好,啫喱*叔叔!我们可以和你一起留在**控制室**里吗?"

我还没来得及开口回答,只见一个从头到尾披着树叶的奇怪**绿色**鼠*跑*了

*啫喱:是杰罗尼摩的简短昵称。

什么臭味？

进来。

他看上去就像是一株会走路的灌木，而事实上，这位是费鲁教授！

费鲁教授来自叶绿星，他是我们**飞船上的科学家。**他认识整个银河系所有的动物和植物！我和他握了握手爪："欢迎您，教授！我们寻找**星际晶石**需要您的帮助。"

这时，我突然闻到一股奇怪的味道。这是什么味道啊？我闻了闻自己的袖子：**不是！**闻了闻制服：**不是！**然后闻了闻左手爪：**不是！**右手爪：**不是！**但是这股味道一直都在！哦，真难闻！

这就像是……**大便的味道！**

费鲁的脸色变得有点儿发黄，尴尬地说："对不起，我刚刚用了点儿花房里的肥料。"

费鲁教授

"银河之最号"的科学家

种类：素食鼠类，身上覆盖着树叶
原居地：天竺葵星云里的叶绿星，整颗星球被树叶包裹着，上面生活的全部都是素食鼠类
特长：在外星生命领域的研究贡献突出
特点：睡在一个盛满泥土的大花瓶里

我问道："教授，这次您又在培育些什么？星际生菜？火星洋葱？还是太空西红柿？

"我喜欢吃太空西红柿，当然，如果能

什么臭味?

配上奶酪就更好了!"

但是,**费鲁教授**摇了摇他身上的树叶说:"不是不是,船长先生,我在研究一种**全新**的超级生化光合集氧方法。"

我听得一头雾水,但是他还在继续解释着……

丢脸丢大了!

正在此时,一个富有磁性的声音打断了我们的谈话,让我松了口气:"斯蒂顿船长,引擎已经准备好进行加速。"

我抬起头,看见一位有着一头紫色长发和一双天蓝色眼睛的女性,她的双眼如同月亮湖一般清澈,她的微笑让所有鼠难以抗拒。

啊,她的声音,我隔着很远就能听出来,她就是茉莉·斯芬妮,在我们飞船上负责操控光子回路,是一位星际引擎和星际能量的专家。

她也是整艘"银河之最号"上最有魅力

茉莉·斯芬妮
"银河之最号"的技术工程师

种类：啮齿动物
原居地：老鼠星
特长：善于修理各种器械
特点：她的头发上有一个扳手形状的发夹，在必要时可以用来紧固螺栓

的鼠！

"船长……嗯，您在听我说话吗？我需要您的命令才能够启动引擎加速。"她见我一直盯着她看，开口问道。

我此时的表情一定像一条**冥王星**鲈鱼一样呆！"嗯！当然，当然，我这就命令！我是说启

丢脸丢大了!

动……是这样的…… *出发*!"我努力使自己恢复到正常的语调。

伴随着一阵巨大的**轰鸣声**,飞船的引擎启动加速了,带领着"银河之最号"驶向那颗陌生的星球!

丢脸丢大了!

航行了几个星际小时之后,茉莉大声地宣布说:"我们已经接近果冻星!

现在减速!"

丢脸丢大了！

我们已经到达了！还不错，我已经受不了那种**超光速**航行了！

从我们的中央屏幕往外看，果冻星是一颗巨大的行星，在星球的正中间有一块**粉红色凝胶状**的东西，就像是一团巨大的**草莓雪糕**印迹。但是，我还没来得及高兴，一个可怕的怪物**突然**从我的椅子后面出现，它的嘴里长满了利齿，头上有三只眼睛，还有各种触角！**啊！！！**

这时，这个怪物摘下了头套，我看到的……是我的表弟小赖，他嘴里不停地哼唱着："杰尼是个**大傻瓜**！杰尼是一个真正的**大傻瓜**！杰尼是一个不折不扣的**大傻瓜**！啊，我最喜欢拿他来开玩笑了！"

丢脸丢大了！

我这次真是丢脸丢大了！

他笑着说："我是不是把你的脸都吓得变蓝了？我的表哥！"

"没错！你的那个面具做得像真的一样，可是……你要这个面具来干什么？"

也许，我早该猜到他的答案才对。"答案很简单！当然是为了让你时刻保持警惕啊！这是坦克鼠爷爷的指示！他说要想办法督促你，让你时刻保持清醒，保持警惕，准备应对任

怪物面具

丢脸丢大了！

何情况，而我只不过是照做而已！不管怎么说，我是一名中尉！你没看到我身上穿着这件黄色的制服吗？这就是中尉的制服，请叫我**赖皮·斯蒂顿中尉**……听起来很酷，不是吗？悄悄和你说，虽然我并不清楚爷爷为什么最后选择了你做船长，但是，如果是我穿着船长制服的话，一定会超帅的！"

然后，他**拍了拍**我的肩膀，对我说："这就是人生，我的表哥！现在离降落还有些时间，我们去餐厅**吃点东西**吧，当然是你来请客！"

这个建议还是不错的，但是当我走进宇宙亚米餐厅的时候，却张大嘴巴说不出话来！

我看着今日菜单：**冥王星**碎石汤配地衣，弹簧星麝香吐司，克罗兹星海藻蛋糕……

我不禁失声大喊："**我的宇宙奶酪呀！**

这是给我们鼠吃的东西吗?"

而小赖却对我说:"嘘!千万别让新厨师听到,他是个……**很敏感**的生物!"

新厨师是个橙色的大胖子,长着三只眼睛、两条**触手**、两只爪子,还有两条手臂、一对翅膀,身上穿着一条沾满很多神秘污渍的大围裙。

他的开场白是这样的:"上午好,船长先生,我是**咔嗞**,是飞船上的厨师!快请坐,我已经迫不及待地想要让您尝一尝我拿手的**梦幻外星菜肴了!**"

我有点暗自担心:"嗯,事实上,我今天也不是很饿……"

但是,咔嗞**却无情**地拒绝了我:"船长先生,您一定要尝一下,您先坐着,菜马上来!"

我悄悄对着小赖说:"可是,我们都还没有

丢脸丢大了！

点菜呢！他怎么知道我要吃什么呢？"

小赖回答说："我亲爱的表哥！他当然不知道你要吃什么，但是有鼠已经告诉过他了。**马克斯上将**，你的爷爷说过你最近变胖了，已经快穿不下你那件有着超多功能的太空制服了，他希望你能够减减肥。所

咔嗞
"银河之最号"的厨师

种类：外星生物
原居地：蔬菜汤行星
特长：善于烹饪各种高级菜式
性格：相信自己是一位优秀的厨师
特点：身上长着两条手臂、两只爪子、两条触手、一对翅膀，还有三只眼睛

以，你只能吃海藻了，高兴吗？而我和往常一样，要一杯**奶酪浓汤**配月亮姜片……"

我忍不住大喊道："我的宇宙奶酪啊！我也要奶酪浓汤配月亮姜片！"

但是，厨师大人立刻让我**闭嘴**了："来了！我为您特别准备了维嘉星蓝海藻汤，这道菜非常有助于减肥！您也知道，这是马克斯上将吩咐的……"

星际百科全书

宇宙亚米餐厅

宇宙亚米餐厅是飞船上太空鼠休闲聚餐的好去处！咔嗞大厨擅长准备各种美食，特别是风干海苔面、月亮碎石汤以及奶酪浓汤配月亮姜片。

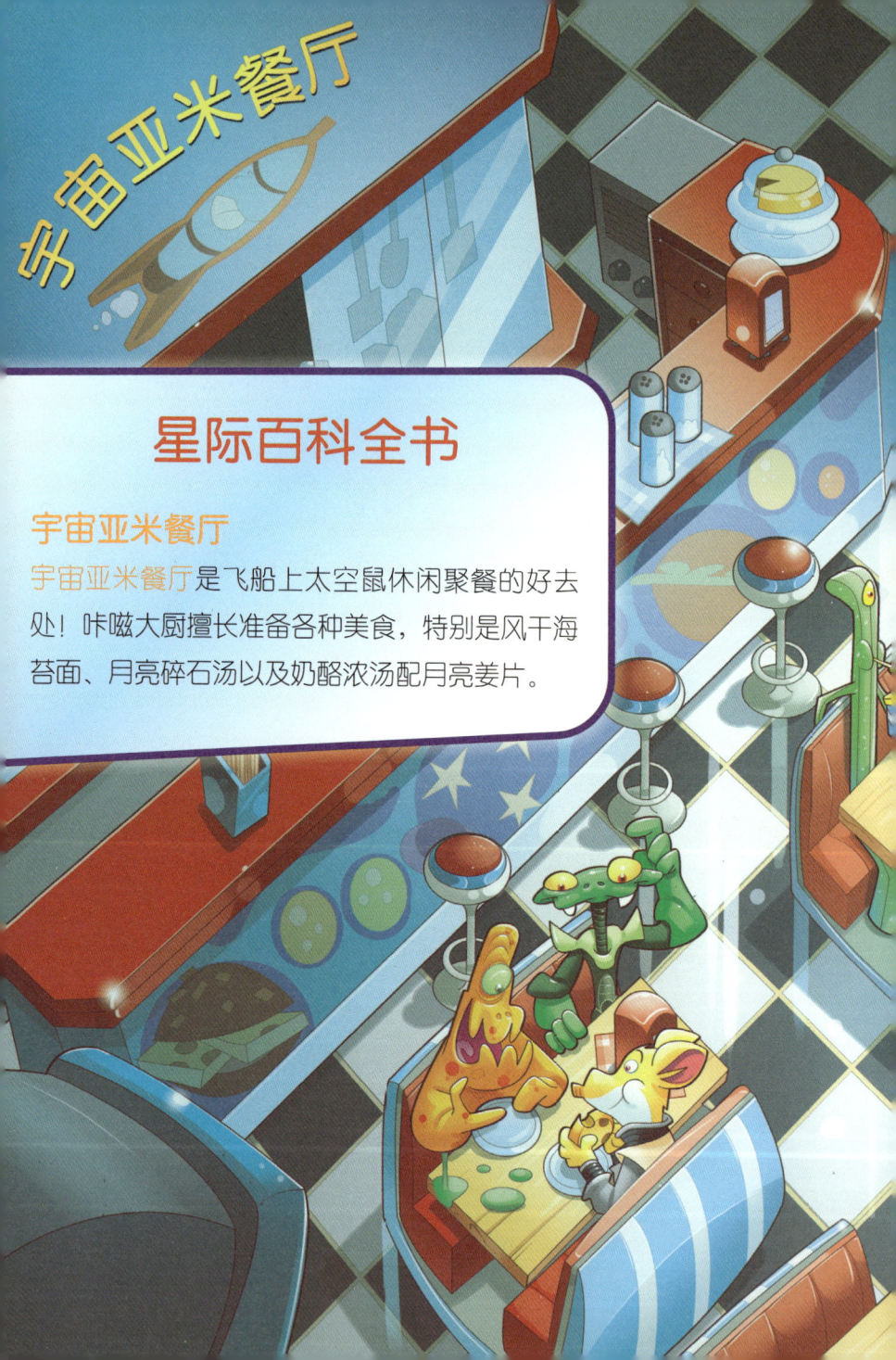

海藻汤！

呃！

星际新闻

注意……黄色警报!

正在这时,飞船上突然响起了一阵警报声:"黄色警报!黄色警报!黄色警报!"

我的宇宙奶酪啊!这可不是机械鼠管家的叫醒服务,而是真正的……黄色警报!

我尖叫道:"发生什么事了?"

在我的身边出现了一个黄色的小光团,并且开始像旋涡一样旋转起来,它一点点地变大,变大,再变大……很快一个鼠头的影像出现在我的鼻子前!他通体黄色!

这是全息程序鼠,他就是我们

星际新闻

黄色警报！
黄色警报！
黄色警报！

注意……黄色警报!

飞船上的主计算机!他的全息影像会在任何必要的地方出现。

全息程序鼠用他那双发光的眼睛看着我说:"斯蒂顿船长,有一个**紧急状况**,请立刻回到控制室!"

我问道:**"到底发生什么事了?"**

全息程序鼠
"银河之最号"的主计算机

种类:超级鼠工智能
特长:监控宇宙飞船上的所有功能,能够自动驾驶飞船
性格:觉得自己是不可或缺的
特点:能够随时随地出现

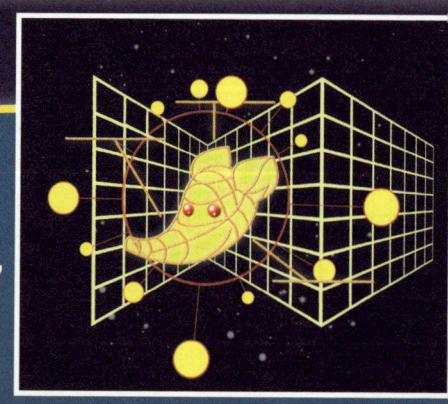

注意……黄色警报！

他有些神秘地说："我被告知只能在控制室里告诉你这些秘密消息！"

我上气不接下气地跑到喷气电梯旁边，按下了所有的按钮，但是却……**没有任何反应！**

全息程序鼠说："在黄色警报的状态下，喷气电梯会被锁上，请使用物理能量传输系统！"

我有些犹豫地问："**物理能量？**"

他解释说："请使用楼梯！"

然后，他便消失不见了。

这里一定有古怪……

使用**物理能量**移动方式来到控制室的过程，实在比想象中更费劲。

我们从一个楼梯跑向另一个楼梯，再登上阶梯，然后又是扶梯……最后喘着粗气，拖着舌头，满头大汗地来到了控制室。

小赖丝毫不放过可以取笑我的机会："表哥，你应该减减肥了！你看上去比大懒蜗牛更软！你再看看我！我经常去健身室锻炼，你要注意保持身材！"

星际百科全书

大懒蜗牛

这种生物生活在隆福斯3号行星上,这颗行星上覆盖着厚厚的软垫子。大懒蜗牛每天都在日以继夜地睡觉,只会为了调整更舒服的睡姿才移动丝毫。右图显示的是一只最兴奋、最活跃的大懒蜗牛。

这时,菲发声了:"你们两个给我安静一点!全息程序鼠准备告诉我们一些信息了!"

只见全息程序鼠那张巨大的**发光**头像悬浮在控制室的中央:"船长先生,我们收到了一条来自**外星球的信息**!"

我感到我的胡子**抽动**了几下:"什么?什么?什么?这里一定有古怪!"

这里一定有古怪……

全息程序鼠继续说道:"信息来自我们的目的地——果冻星。根据**质子速度**的理论,并且把它转化成**量子化光子**的距离之后,我大致计算得出果冻星的轨道。"

机械人提克斯叹了口气,低声说:"真烦人,他每次都说一大堆奇怪的名词,就为了显摆他是飞船上**最厉害的计算机!**"

你竟敢这样说我?!

这里一定有古怪……

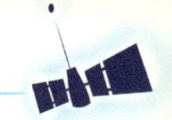

不巧的是,这些话全被全息程序鼠听到了:"你竟敢这样说我,你这根**铁桩子**!我可是至今为止最先进的鼠工智能,而且我有着最完整的数据**链接库**。"

这时,我打断了他们的争吵:"嗯,对不起,全息程序鼠,我想机械人提克斯并无意冒犯你,现在麻烦你把那条**信息**给我们看一下。"

全息程序鼠终于不再计较,将一段视频信息通过控制室的大屏幕**播放**出来。在视频里,出现了三个奇怪的鼠:"你们好,太空旅行家们!我们是果冻星的**粉红鼠!**"

事实上,这三个鼠确实长得和我们一样,只不过他们全身都是……**粉红色的!**

费鲁教授费解地挠了挠自己头上的树叶,说:"真奇怪,我从来不知道有这样的一个**外星**

亲爱的老鼠朋友们，我们没有恶意，并且会帮助你们！

种族。"

其中一个粉红鼠用手比画了一下，和我们打了声招呼："我们没有敌意，尊敬的**'银河之最号'**上的老鼠船员们！

"我们知道你们的宇宙飞船遇到了很大的麻烦，我们愿意将果冻星上非常珍贵的星际晶石送给你们。"

小赖说道："表哥，我们可真是撞了大运啊！要是能够得到他们的帮助，我们的**星际晶石任务**还没开始就可以结束了！看来，我们得举办一场**庆祝晚宴**了！"

而我却有些犹豫……嗯，总觉得这一切似乎太简单了！

欢迎新朋友

我们赶紧把这些新朋友请到**"银河之最号"**上来吧!

我已经兴奋得坐不住了。我们该怎么**迎接**客人呢?

我可不想表现得无礼,让鼠丢脸!

茉莉建议说:"我们可以把一桶用于星际发动机的珍贵的**超级浓缩油**作为礼物送给他们!"

费鲁摇着头说:"不,我觉得送他们一大块**腐烂的肥料**更好一些!"

欢迎新朋友

最后，我说："这事交给我吧！"

我让**咔嗞**准备一些特制的菜肴，但是不要海藻！不要海苔！只要最好的**奶酪**……他们会更喜欢火星烟熏奶酪呢，还是克罗兹星奶酪，或者是伊克斯星山羊奶酪？嗯……

这时，全息程序鼠打断了我们的对话，宣布道："**粉红鼠**的太空艇已经进入泊位！"

我和其他船员们马上**冲出去**迎接他们。

粉红鼠们非常正规地向我们鞠了一躬，随后，其中一个看上去像是队长的高个子鼠指着一个飘浮的圆球说："这是我们带来的象征着我们不同种族间友谊的**礼物**。"

那个**圆球**在我们面前自动打开了，里面

欢迎新朋友

有一个*神秘的保险箱*，保险箱里塞满了一种粉红色的发光物质！

我清了清嗓子，说："朋友们，非常感谢你们的礼物，可是，也许你们弄错了，这不是**星际晶石**。星际晶石不应该是粉红色的，而是……**蓝色的！**"

那个高个子鼠微微一笑，解释说："亲爱的朋友，你说的没错，但是，这是一种非常稀有的**粉红色**星际晶石！不用担心，这和你所知道的星际晶石是完全一样的，一定可以使用！"他一边说，一边靠近我，对我眨了眨眼，"很快，你就会**知道**

这个晶石很适合你们的飞船，**非常……完美**！"

我转向 费鲁教授，他正在用他那个便携式分析仪检查保险箱。

然后，他说："根据分析仪的结果显示，这个物质有**千分之九百九十九点九九**的可能性是星际晶石！"紧接着，费鲁教授靠近我低声说，"可是，很奇怪……我从来没有听说过**粉红色**的星际晶石！"

这就是星际晶石！

千真万确！

宇宙之大，无奇不有

那个一副队长模样的高个子**粉红鼠**认真地说道："我们很高兴能够帮助你们！如果**今晚**你们留在我们星球的轨道上的话，明天我们会再免费送给你们一箱星际晶石！"

我简直不敢相信自己的耳朵！

他们实在是太慷慨了！

我向前一步，用激动的语气宣布："来自果冻星的、尊敬的粉红鼠们，我们超级优秀（呃……）的厨师**咔嗞**先生特地为你们准备了一些奶酪特产，如果你们不介意的话，可以一起来尝一下吗？"

宇宙之大，无奇不有

"是呀！"小赖补充说，"我们还有专门的品尝菜单！"

在我们交谈的时候，我注意到我的妹妹菲有些异常，她一言不发，一直注视着这三位宾客，好像还是不相信他们似的。

三个粉红鼠拒绝了我们的邀请："谢谢你们，亲爱的朋友们，但是我们得尽快回到我们的星球去，我们……呃……还有许多事情要忙。"

说完，三个鼠准备登上他们的太空艇。这时，菲挡住了他们，说："你们真是太慷慨了，给我们送上这么珍贵的星际晶石却不求回报！"

最高的那个粉红鼠回答道："我们喜欢帮助那些遇到困难的

老鼠朋友们。"

但是，菲还有些不放心，问道："你们确定什么都不要吗？真的是**什么、什么、什么**都不要吗？就这样把星际晶石送给我们？"

那个粉红鼠面露愠色，再次重申："对我们来说，星际晶石的价值远不如友谊来得珍贵！"

另外两个粉红鼠也随声附和说："是啊，我们希望成为你们的**朋友！**"

然后，他急匆匆地说道："时间不早了，我们得回去了！明天再见面！你们可别走啊，明天我们再给你们**多带**些星际晶石过来！"

说着，三个鼠走到他们那艘粉红色的太空艇前，打开舱门，**迅速**走了进去。一眨眼的工夫，他们已经**起飞**了。

"**多么**奇怪的粉红鼠啊！"我咕哝着，然后摊了摊双手，说，"坦克鼠爷爷说的**没错，宇宙之大，无奇不有。**"

菲再次陷入沉默，过了一会儿，她说："**奇怪，非常奇怪，太奇怪了！**"

小赖把嘴塞得满满的，费劲地说："那些**粉红鼠**没有留下来尝一尝我们的奶酪真是太可惜了。算了，既然这些吃的

宇宙之大，无奇不有

都剩下了，我就牺牲一下自己，把吃的东西全都**消灭掉**吧！"

费鲁教授一直有些犹豫，他挠着自己尾巴上的树叶，嘴里不停地**嘀咕**着："星际晶石的数据全部吻合，但总觉得有些地方很……**奇怪**！"

我也有一种奇怪的预感，但是我安慰自己说这可能只是多余的担心而已，毕竟我没有任何理由去**怀疑**那三个粉红鼠。而且，我已经等不及要回到自己的房间去继续写我的**小说**了！

嗯……哪里不太对劲?

晚饭的时候,我们把整件事情的来龙去脉全部告诉了坦克鼠爷爷,当他听说我们已经得到了**星际晶石**的时候,他向我们表示了**祝贺**!

"我简直不敢相信自己的耳朵!"然后他总结道,"既然任务已经完成了,我们明天一早就……**出发!**"

晚饭后,大家各自回房间去休息了。刚过午夜,菲就来敲我的房门:"快点,杰尼,**跟我来!**我们去一趟飞船泊位!"

我说:"什么?飞船泊位?现在?"

菲回答说:"别多问了,只管跟我来就是了!"

嗯……哪里不太对劲？

每当我的妹妹菲想要做一件事情，往往很难让她改变主意。于是，我飞快地穿好衣服，来到了漆黑的走廊。

这时，一个声音突然惊叫了起来："**哎哟！**谁踩到我的根了？"

我说："**哦！**对不起，是<u>费鲁教授</u>吗？这里什么都看不见！"

"我切断了这个区域的照明系统，"菲解释说，"这样<u>船员们</u>就能够继续安静地睡觉了。"

"是呀，就像我在刚才正好梦见<u>好几卡车</u>的奶酪那样……"小赖低声说。

"怎么费鲁也在！我们……到底要去干什么啊？"

费鲁显得有些焦虑，而且身上的树叶一直在**发抖**，他抗议说："我是一个科学家，不是

嗯……哪里不太对劲？

一个英雄！我不适合参加这样一个半夜去未知**星球**冒险的行动！我要是在那里感染了蚜虫，或者被风**吹干**了该怎么办？"

菲却不为所动："我们的小队里需要一位科学家，而且您也需要适当地运动一下，防止变成一株*肥胖的植物*。"

"半夜的行动？未知的星球？菲，到底……"

我话音未落，菲就把我<u>塞进了</u>飞船里，并且发动了引擎："电池装载完成，发动机加速器启动，**倍速转子**运作正常。"

我问她："菲，你想干什么？"她笑着回答说："哦，没什么特别的，我们去**认识一下**这颗果冻星，

出发！目的地是果冻星！

嗯……哪里不太对劲？

因为我有些**疑问**……"

费鲁补充说："他们送来的星际晶石也很奇怪。我重新做了一次检测，看上去没什么问题，但是总觉得有些地方我不明白。"

菲兴奋地叫道："那我们赶紧出发吧！"

我开始**担心**起来："我们是不是应该先告诉爷爷啊？"

菲却说："已经太迟了，杰尼，还有三秒，不，两秒，不，一秒……我们着陆了，着陆点就在那团**粉红色印迹**的旁边！"

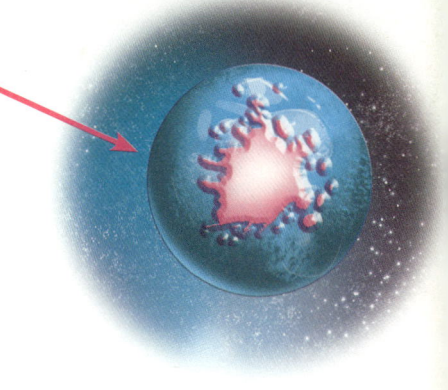

牛奶任务

与此同时,本杰明仍然在床上翻来覆去,无法入睡。

一杯**牛奶**!对了,现在需要一杯牛奶来帮助他入睡!

本杰明抬起手腕,通过腕式电话装置呼叫潘朵拉,也许她也还**没有睡着**。

他轻声问:"潘朵拉,你还醒着吗?"

"是的!"她回答道,"我已经把天上的**星座**都数了一遍了,但还是没有睡着!"

本杰明提议说:"我们**去**弄一杯牛奶喝,怎么样?"

星际百科全书

腕式电话

所有鼠都知道，腕式电话是太空里最方便、最快捷的远程通讯工具。

潘朵拉？
你还醒着吗？

牛奶任务

"好啊!"潘朵拉高兴地说,**"两分钟后**在通道里见!"

通话完毕后,本杰明蹑手蹑脚地走出了自己的房间。

整艘**"银河之最号"**一片寂静!本杰明和潘朵拉径直走向厨房。本杰明说:"我们去冰箱里找找看吧!"

这时,潘朵拉突然停下了脚步:"呃!我听到了奇怪的声音!你听到了吗?"

本杰明摇了摇头,回答:"没有,我**什么都没有听到**。不过,既然我们已经来到这里了,就无论如何都要完成我们的**牛奶任务!**"

突然……

哐哐哐!
咚!咚!咚!

牛奶任务

啊，本杰明不小心打翻了一整排锅！

很快，他们听到了一个咕咕哝哝的声音：

"呼！那个蚂蚁馅儿饼里要少放些盐……"

那是飞船上的厨师咔嗞，他就在冰箱前睡着了！

潘朵拉略带失望地说："现在该怎么办？在不吵醒他的情况下拿到牛奶，这似乎不太可能呢。"

这时，本杰明说："我们去储藏室吧！那里一定还有牛奶和奶酪！"

为了不吵醒咔嗞，他俩踮起脚尖悄悄地离开了厨房。然后，他们跑向

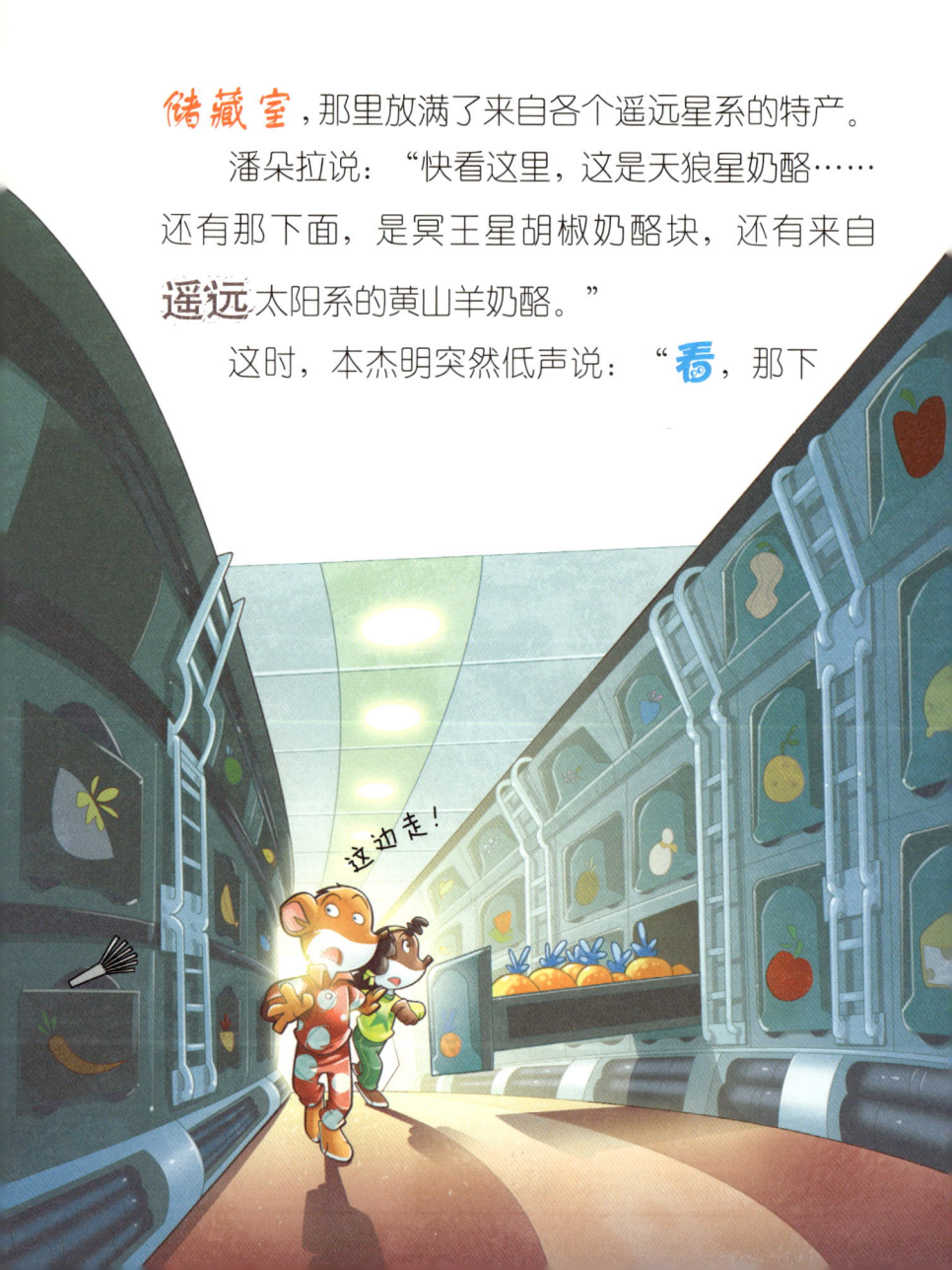

牛奶任务

储藏室，那里放满了来自各个遥远星系的特产。

潘朵拉说："快看这里，这是天狼星奶酪……还有那下面，是冥王星胡椒奶酪块，还有来自**遥远**太阳系的黄山羊奶酪。"

这时，本杰明突然低声说："**看**，那下

牛奶任务

面有鼠！"

　　潘朵拉顺着他看的方向望去，但是却没有见到任何鼠。

　　"你弄错了吧，本杰明，那可能只是一个**影子**。"

　　"不是的，潘朵拉，"他回答说，"我肯定！看，那底下有一个**粉红色**的东西在移动。"

　　"这实在是太**奇怪**了，我们必须马上通知啫喱叔叔。快，我们现在去叫他！"

你们中计啦！

本杰明和潘朵拉一路**跑到**啫喱叔叔的房间敲门！

嘭嘭！可是，**没有回答，没有鼠回答！**

他们更用力地敲了几下门，嘭嘭！嘭嘭！房间里还是没有回应。

随后，他们跑去敲菲阿姨的门。嘭嘭！嘭嘭！嘭嘭！

同样地，**没有应答**，没有鼠应答！

然后，再找小赖叔叔。

可是，连那房间里**都没有鼠**！

他们究竟去了哪里？

你们中计啦!

真**奇怪**,非常**奇怪**,实在太**奇怪了**!

本杰明尝试通过**腕式电话**联系他的叔叔阿姨们,但是,回复他的却是电话录音:"用户不在服务区,用户不在服务区,用户——不在——服务区!!!"

我的天啊!

到底发生什么事了?

于是,孩子们上楼来到了控制室。

刚走进门,**机械人提克斯**就醒了过来,大声叫道:"大家早上好!"

"嘘!现在还是晚上呢!"本杰明低声说。

"那你们为什么叫醒我?我**正梦见**漂亮的乘法表呢!"提克斯回应说。

你们中计啦！

"我们需要你的帮助，提克斯！"本杰明打断他说，"你能帮我们**联系上**啫喱叔叔，或者菲阿姨吗？"

"当然没有问题！对我来说，这简直易如反掌！你们稍等我两秒钟。"他骄傲地说道。

只见提克斯**连续按**了十来个按钮，然后**控制室**的大屏幕亮了起来，画面上显示杰尼刚在粉红色星球着陆，在他的身后还有菲、小赖和费鲁。

大家都显得小心翼翼。

"叔叔，菲阿姨，**你们在哪里**啊？"本杰明问道。

"本杰明？"菲回答说，"我们……哔哔哔……我们刚才……哔哔哔……**果冻星**着陆……这里还有……哔哔哔……"

话音未落，通讯**中断**了。

你们中计啦!

突然,一团黏糊糊、**粉红色**果冻似的东西闯进了控制室,然后跳到控制台上,并且关闭了显示屏!

紧接着,一个巨大的粉红色怪物出现在他们面前,他面目狰狞地说:"通话结束了,小捣蛋鬼们!"

小心果冻怪!

在果冻星的地面,菲不断重复地呼叫着孩子们,最后她**警惕**地说道:"有鼠中断了我们和**'银河之最号'**的通讯!"

我惊呼说:"我们赶紧回到飞船上去!本杰明和潘朵拉可能有**危险**!而且说不定,我们也有危险!"

但是,小赖阻止了我:"放轻松一点,表哥,你现在可比一只暴烈飞虫更**吵**呢!本杰明和潘朵拉都是很聪明的孩子。

星际百科全书

暴烈飞虫

一种巨大的昆虫，飞的时候像苍蝇一样发出巨大的嗡嗡声，它会像蚊子般吸血。暴烈飞虫不但会不停地发出噪音让鼠抓狂，更能让被它叮咬的生物变得暴跳如雷！

"至于我们，你觉得在这颗星球上会发生什么呢？这里只有石块、树木以及……一片怪诞的**粉红色**的湖。"

小赖还没有说完，这片**粉红色**的湖居然缓缓地活过来了！他怒吼说："你自己才怪诞呢，你这个毛球！"

我的宇宙奶酪呀！ 这片湖不但会讲话，而且开始慢慢向我们这里移动！

我被吓得跳了起来！

小心果冻怪！

那团粉红色的湖越靠越近，继续嘶吼道："你们这帮丑陋的啮齿动物，来我的星球干什么？"

当这片湖越逼越近的时候，他的面目也变得越来越可怕！

小赖和费鲁害怕地向后跳了一步。

只有妹妹菲站在原地没动，冷静地说："看到了吗，杰尼？我早就说有古怪！"

费鲁声音略带颤抖地问："你……你……到底是什么生物？"

那团黏糊糊、果冻般的东西发出一阵邪恶的笑声，放肆大笑起来："哈哈哈！我就是果冻怪！"

接着，他继续说："你们还没弄清楚状况，对吗？我来解释一下吧，你们这帮悲哀的生物！

"这个星球上根本就没有什么粉红鼠！你

什么?

哈哈哈!

小心果冻怪!

们在宇宙飞船上见到的那些都是……我的分身!**哈!哈!哈!** 我——果冻怪,能够变成任何东西!而且,从我**巨大的**身上分离出来的分身可以变得和我一模一样!"

我因为惊恐而吓得僵立在原地说不出话了。过了一会儿,我才能勉强**结结巴巴**地说:"所以……你……你就是……嗯……就是……"

"对了!"费鲁似乎已经知道了些什么,惊呼起来,"你一定就是善于**伪装**自己的流体生命!"

"哈哈哈!" **果冻怪**咕噜咕噜地说道,"没错!而且我身体的一部分已经以粉红色星际晶石的形态潜入了你们的宇宙飞船,然后一直潜伏到晚上才出来,而现在,他

我是果冻怪！
我是果冻怪！
我是果冻怪！
我是果冻怪！
我是果冻怪！
我是果冻怪！
我是果冻怪！
我是果冻怪！
我是果冻怪！
我是果冻怪！
我是果冻怪！
我是果冻怪！

已经控制你们的飞船了！**啊，我实在是太邪恶了！**"

我惊呼道："这怎么可能？！"

果冻怪回答说："**你不相信？！** 看着吧，笨蛋！看我怎样变成三个粉红鼠！"

话音刚落，果冻怪很快就变成了那三个把粉红色星际晶石带给我们的**粉红鼠**，随即他们立刻又融化成了一摊黏糊糊的粉红色液体。

菲问道："那你为什么要**侵占**我们的宇宙飞船呢？"

果冻怪咆哮着说："因为这个星球**太无聊了，无聊透顶，无聊至极**！我需要一艘像你们那样的宇宙飞船来穿越星际，逃离这个星球！然后，我要入侵整个**银河系**，并且不断扩张，直到控制整个宇宙！"

小心果冻怪！

我不禁打了个**寒战**，多可怕的野心啊！

"**你永远也不可能做到的！**"菲反驳说，"我们一定会阻止你的！"

"那你们打算怎么阻止我呢？你们这些小啮齿动物？"

"不要小看我们！"菲忿忿不平地说，"宇宙里充满了危险，但是在各个地方也会有很多友善的**朋友，真正的朋友！**"

听到这话，果冻怪邪恶地冷笑了两声，回答道："算是吧，也许你们在其他地方有朋友，不过他们根本找不到你们，知道为什么吗？**因为你们会被囚禁在这里**……直到永远！"

砰！砰！砰！

在另一边的**"银河之最号"**上，粉红色的果冻怪抓着本杰明和潘朵拉的尾巴咆哮道："**我就是强大的果冻怪！** 现在，提问时间结束了，小老鼠们！"

就在此刻，全息程序鼠突然出现在控制室里："**这里发生什么事了？**"

趁着果冻怪分心的机会，本杰明和潘朵拉一起挣脱了魔爪，大喊道："**快跑！**"

而粉红的果冻怪则开始沿着"银河之最号"的走廊追捕两鼠。

"快，**躲进**通风管道！"本杰明说。

机械人提克斯帮忙将通风口防护门的螺丝拧开，本杰明和潘朵拉弯着腰钻进宇宙飞船的换气管道中，并沿着管道向下滑去。

砰！砰！砰！

"哦！这可比游乐场的滑梯更好玩！"本杰明和潘朵拉异口同声地说。

"也许吧，但是我身上好几个地方都被撞凹陷了！"提克斯咕哝着说。

"银河之最号"上的通风管道

然后,他们三个一起掉进了一个 一片漆黑 的仓库里。

"我们这是在哪里?"潘朵拉问,"这里什么都看不见!"

机械人提克斯检查了一下自己身上的螺栓,然后回答说:"交给我吧!"一会儿工夫,他的双眼就像两盏灯一样亮了起来。

"这里会是哪儿呢?"本杰明四下张望着问道。

砰！砰！砰！

他们这才发现仓库里堆满了一个个 大箱子。

机械人提克斯这时宣布："我们现在身处**宇宙飞船**的备件仓库里！"

正在此时，孩子们听到了一阵奇怪的声音：咚！咚！咚！

机械人提克斯发现这个声音来自一个大箱子，于是他来到箱子的旁边，并用他的机械手敲了敲那个箱子：

嘭！嘭！嘭！

砰！砰！砰！

很快，箱子里有了回应：咚！咚！咚！

潘朵拉回过头来，有些不耐烦地说："机械人提克斯，拜托，请不要再发出这种嘭嘭嘭和咚咚咚的声音，这样我们会被发现的！"

"咚咚咚的声音不是我发出的！"提克斯抗议道。

突然，一个声音高喊道："救命！快点救我出来！"

是茉莉！她好像被困在……箱子里了！机械人提克斯马上伸出他的锤子机械臂和凿子机械臂来解救她，不一会儿便成功地打开了箱子。

砰！砰！砰！

茉莉一下子跳了出来，喊道："总算得救了！"

"到底发生了什么事？" 本杰明越来越不明白，不解地问道。

"我被关在这里已经好几个小时了。"茉莉说。

接着，她给大家解释说："晚餐后，我回到房间准备睡觉，突然一团巨大的粉红色凝胶似的东西重重黏住我，令我动弹不得，然后他就把我关进了这个箱子里……"

话音未落，仓库的大门突然打开了。

果冻怪突袭！

"投降吧！你们被**果冻怪**抓住啦！"

就是他，那个**粉红色的凝胶怪物**！

茉莉回头对本杰明和潘朵拉说："快点，孩子们！在角落里，有我用来修理飞船的超级胶水，我们可以用那个来**黏住这个怪物**！"

听到这些话，果冻怪嘲笑道："哈哈哈！你们想抓住我？没那么容易！我们走着瞧！"

突然，果冻怪的身体一下子拉长了许多，然后又变宽了，随后分裂成了许多一模一样的细小凝胶块，在宇宙飞船的地板上滑来滑去，很快便钻进缝隙不见了。

果冻怪突袭!

"他去哪儿了?"本杰明困惑地问道。

"他不可能凭空消失的!"机械人提克斯一边搜索着每个角落,一边**不安地说**。

突然,他喊叫起来:

"快看!那个灭火器在移动,而且变成粉红色的了!!!"

灭火器一蹦一跳地来到了走廊!

潘朵拉喊道:"果冻怪**变成了**房间里的物品!"

没多久,粉红色灭火器一蹦一跳地逃跑了,很快消失在了走廊里……

砰!砰!砰!
砰!砰!砰!

"看那里的控制面板，你们不觉得它是……**粉红色**的吗？"本杰明喊道。

果冻怪被发现之后，那控制面板一下子**融化**成一团黏液逃走了。他变出了许多个分身，而每个分身又瞬间**变成**各种各样的物体。

茉莉并没有丧气："也许要把他所有的分身全部**抓住**会很困难，但是我们得努力尝试，加油！我们需要检查飞船的每个角落！"

就这样，他们带上**超级胶水**，分头去寻找果冻怪的分身。

当本杰明走进洗手间，一个**粉红色**的奇怪水池突然对他张开大嘴，然后又迅速从他的**眼皮底下**溜走了。

在走廊上，潘朵拉发现一个门把手变成了粉红色的，可是却没能抓住他，那是因为本杰明扔

果冻怪突袭！

出去的**超级胶水**黏住了她的尾巴。

另一边，有一把**粉红色的单人椅**和一大团凝胶试图挡住可怜的机械人提克斯的去路。在控制室里，果冻怪的分身变成了按钮、监视器以及连接线，他们一起大喊："**这艘宇宙飞船现在是果冻怪的啦！**"

星际百科全书

超级胶水

所有鼠都知道，超级胶水是一件不可或缺的重要物品，几乎每个鼠手上都会有一瓶备用。超级胶水能够用来修理几乎所有的东西，例如被损坏的花瓶、松动的玻璃、机械人提克斯金属部件之间的螺栓、控制室的全息屏幕、费鲁的眼镜，以及其他许多东西。

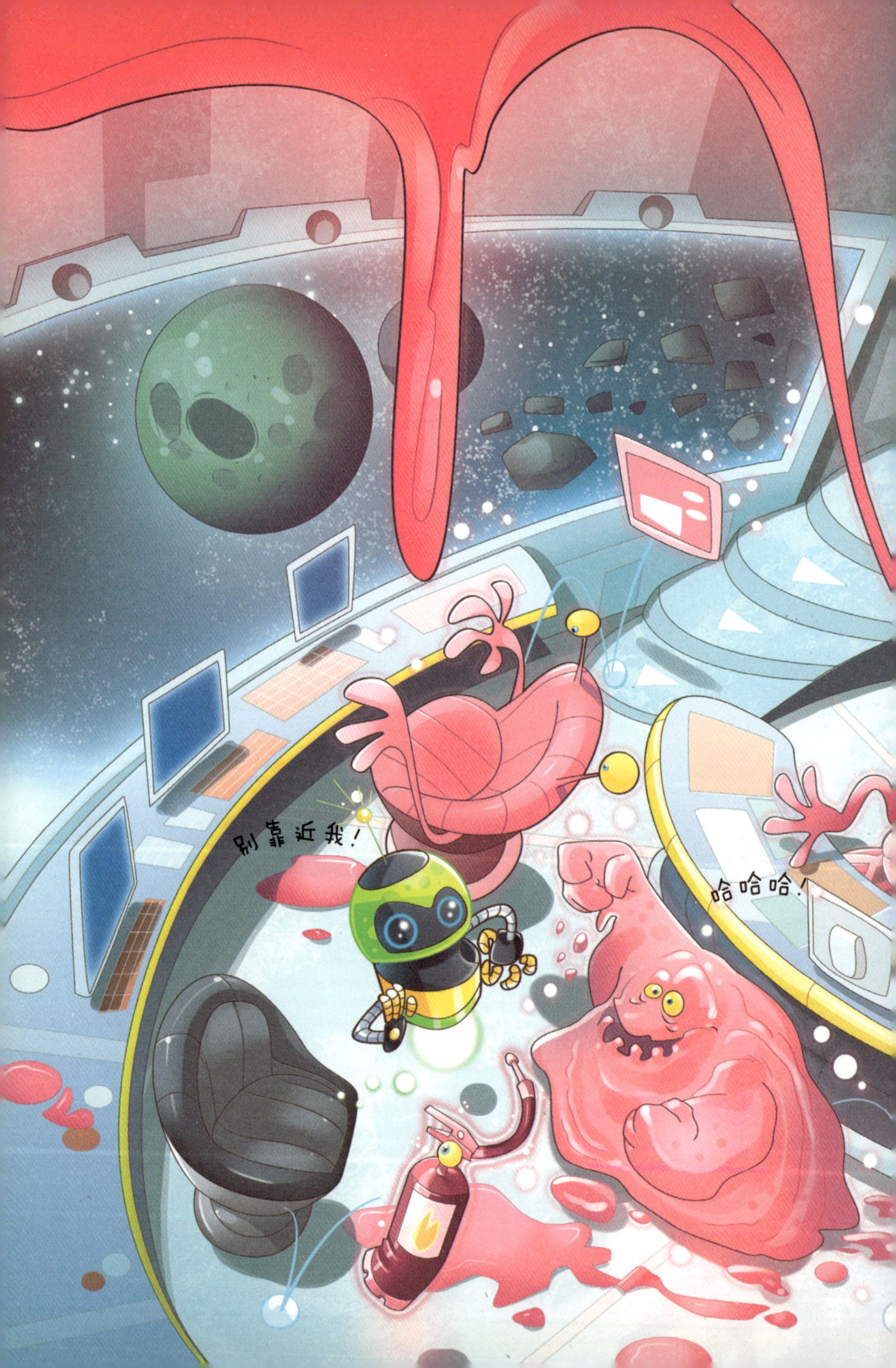
别靠近我！
哈哈哈！

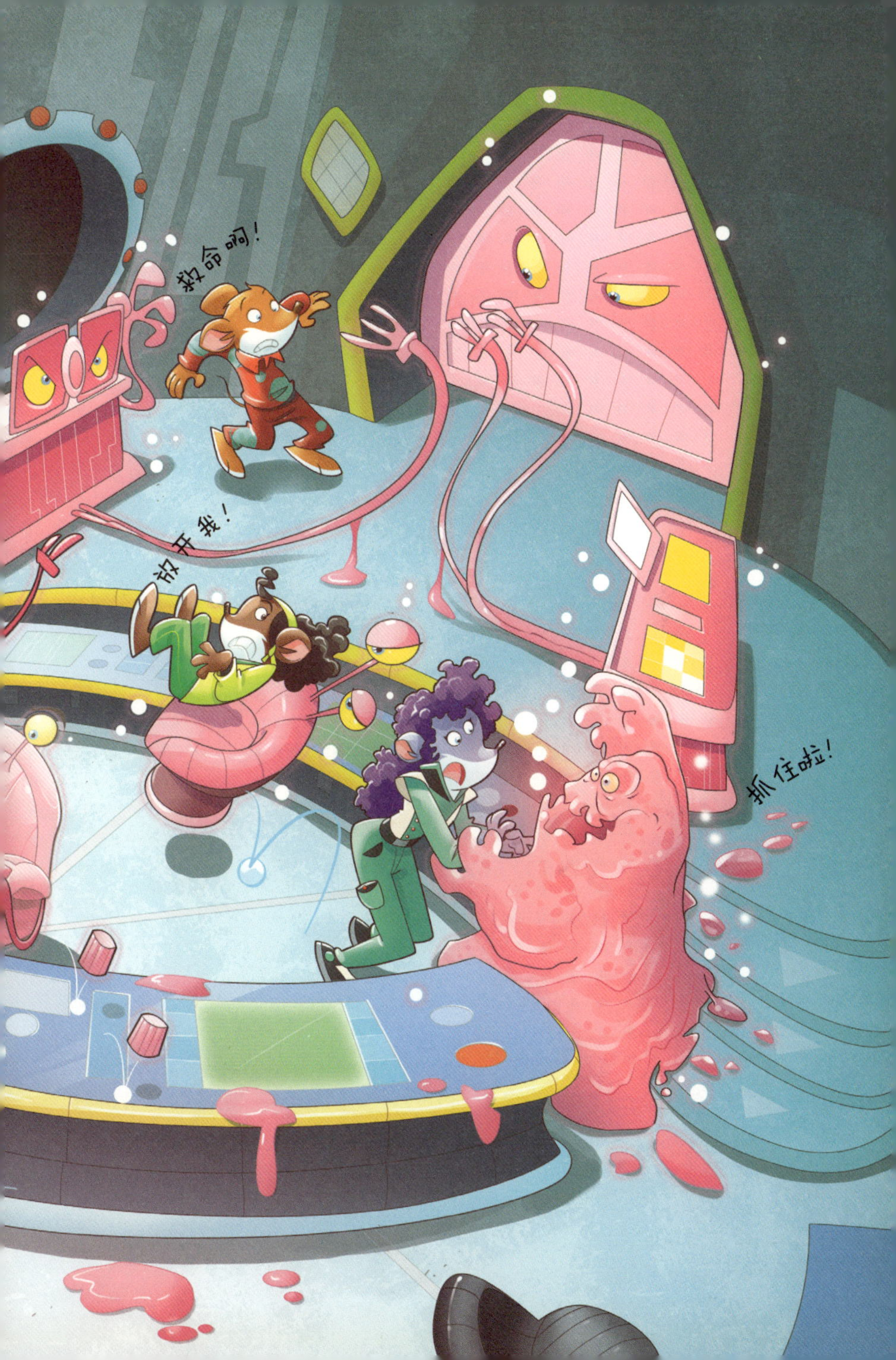
救命啊！
放开我！
抓住啦！

我要挑战你!

与此同时，在果冻星上，果冻怪大声宣布说："**胜利了**，你们的宇宙飞船已经被我占领了！"

"你怎么知道？"我疑惑地问道，"'**银河之最号**'和我们的联络已经中断了……"

果冻怪大声笑道："**哈！哈！哈！**我在这里，同样我也在飞船上。哪里有我的分身，哪怕只有一滴，我就在哪里！我马上就要把你们**留在**这颗无聊的星球上，然后坐着你们的'银河之最号'去征服全宇宙！"

我要挑战你！

我顿时觉得自己是全宇宙最糟糕的船长！我的任务失败了，而且……不久之后我还将弄丢"银河之最号"！费鲁在一边紧张得树叶上直冒液体，而菲则气得浑身发抖。这时，小赖开口说话了："果冻怪，你说你在变形能力上是冠军吗？"

果冻怪骄傲地说："当然！论变形能力，全宇宙没有生物比我更强了！"

"如果是这样的话，我就要挑战你！"小赖坚定地高声叫道。

我感到非常诧异，难道我的表弟要在此时此刻开玩笑？

果冻怪似乎也吃了一惊。

但是，小赖继续说道："我们来一场比赛吧，就当是消遣。"

我要挑战你！

接着，他狡黠地**笑着**说："果冻怪，你只会说你自己有多厉害，但是我们却没有见到过什么**特别的**形态变化！你说呢？你是接受挑战，还是怕输不敢？"

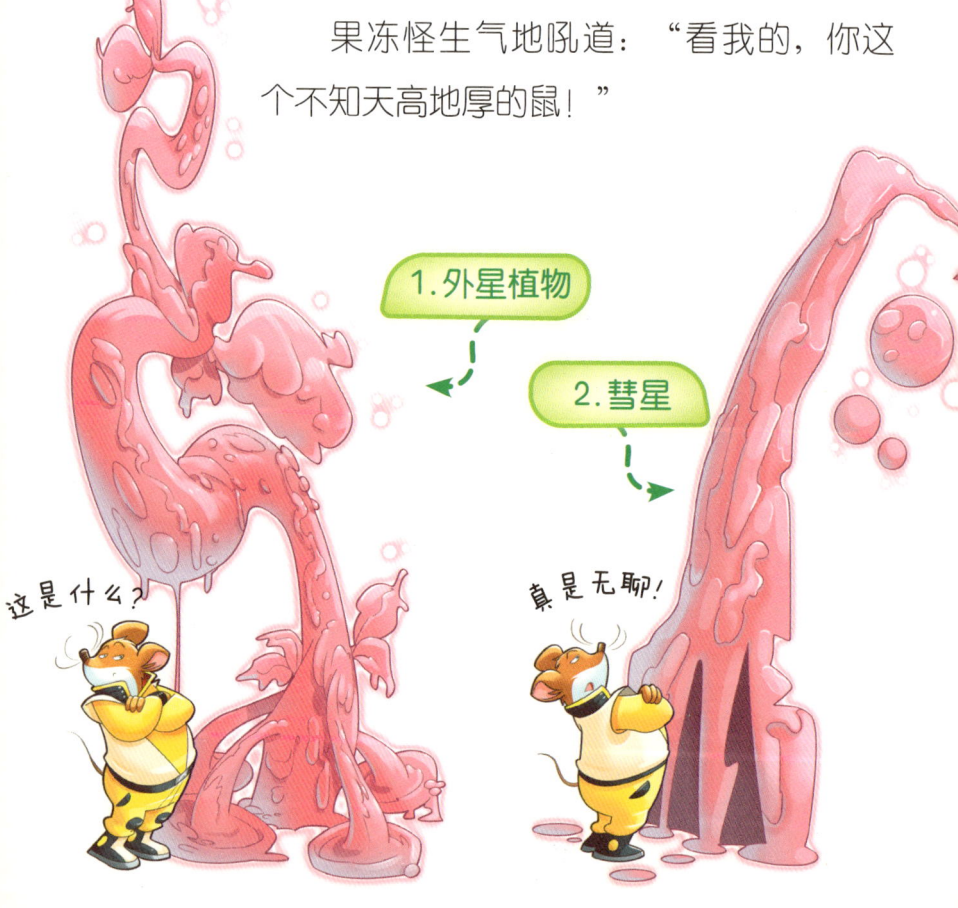

果冻怪生气地吼道："看我的，你这个不知天高地厚的鼠！"

1. 外星植物

2. 彗星

这是什么？

真是无聊！

我要挑战你!

说时迟,那时快,他已经开始施展他的变身本领了,接二连三地变成了:

一株非常奇怪的外星植物……

一颗带着长长尾巴的彗星……

3. 克雷塔星系的恐龙

就只有这些?

我要挑战你!

一只巨大的**恐龙**……

最后,果冻怪傲慢地问:"怎么样?有没有被……**吓到?**"

小赖打着哈欠问:"就只有这些?"

果冻怪说:"什么叫只有这些?!"

小赖不以为然地说:"这很简单啊!你**变**成的东西都是你自己选的!你要是真的那么厉害,就应该是由我来指定东西,然后你来变!"

和往常一样,我已经完全被弄糊涂了。

超级星球挑战！

果冻怪已经渐渐**失去了耐心**,他用威胁的口吻吼道:"你们这些小东西,现在我真的已经**玩腻**了!"

我害怕得浑身**直哆嗦**!

就在我准备举起**手爪**投降的时候,果冻怪又说:"你们这些无理的鼠,竟敢来挑战我?你说想要我**变成**什么?我就让你输得心服口服,让你知道没有什么东西是我伟大的果冻怪模仿不了的!"

我吓得浑身**毛发**都竖起来了。这下果冻怪

是真的生气了!

为什么,**为什么**,**为什么**,我会落到这种境地呢?我从来都没说过要当宇宙飞船的**船长**,我从来没说过要去执行什么外星任务。一直以来,我都只想……当一名**作家!** 而且,小赖为什么还在不断挑衅他呢?

此时,我的表弟从口袋里掏出了一盒奶酪味的糖,然后把里面的糖果一下子全部倒进嘴里。接着,他向果冻怪喊道:"你总是变成巨大的物体,这太容易了,但是你能不能变到像一颗糖果这样**小**呢?小到能够完全进入这个盒子里去?我

是说你所有、所有、所有的部分！"

小赖这下令**果冻怪**更生气了。而我们……完蛋了……我们将会被**永远**困在这里！

作为回应，果冻怪张开那张黏糊糊的大嘴笑着说："**哈！哈！哈！就这些？这个挑战也太简单了！**"

他一边说着，一边越变越小，越变越小。

与此同时，四周的那些**果冻分身**也纷纷靠过来，同样包括"银河之最号"上的那些分身。

一会儿工夫，他就变成了一个粉红色的**小球**，然后钻进了糖盒子里！

"看到没有？我做到了！我已经全部都在这里面了，是全部的全部的全部哟，都在这里面！"

话音刚落，小赖……在瞬间**飞速地**，

如同星际火箭一样关上了糖盒子。

啪!

果冻怪就这样被关在糖盒子里了!

而我们就这样**得救了**!

你们看看
你到底能不能变得很小很小!

还不错……

呵哈!
你中计啦!

啪!

太空鼠团队上下一心！

我们所有鼠异口同声、激动万分地**高声欢呼**："呜哇！我们击败了果冻怪！"

接着，当我们准备返回"银河之最号"的时候，**费鲁**突然叫住了大家："你们看！"

他指向湖底的位置，那里之前被果冻怪占据着，现在已经空了。只见地面上有一条长长的裂纹，在那下面是……一大片**星际晶石**！

费鲁用他的便携式**分析仪**仔细检查了这些晶石，最后对我说：

"**斯蒂顿船长**，我确定这就是真正的星

太空鼠团队上下一心！

际晶石，千分之千地确认！"

我**长舒**了一口气。我的宇宙奶酪啊！我们终于可以拯救**"银河之最号"**了！

接着，我喊道："快，我们赶紧回到宇宙飞船里去！"

我们所有鼠带着一箱沉甸甸的、珍贵的**星**

啊！这里有一片星际晶石矿藏！

际晶石，**以最快的速度**回到了"银河之最号"上！

我们必须尽快赶回去！

天知道那个**糖盒子**能够坚持多久呢，那果冻怪正在全力挣扎，试图逃出那个小盒子！

一回到飞船控制室，我立刻下令："**引擎全开！**回到……外层空间！"

接着，我无比崇拜地对小赖说："表弟，你真是太聪明了！"

"谢谢你的夸奖！"他骄傲地回答，"那么现在，你觉得我们办一场只有奶酪的**晚宴**庆祝一下怎么样？"

我的表弟小赖！他一直都没变！

不过，这次他真的成了我们的**英雄**！

多亏了他，我们才得以战胜果冻怪！

太空鼠团队上下一心！

于是，我们举行了一场**庆祝宴会**，并邀请了"银河之最号"上所有的船员来参加。

在庆祝宴会上，坦克鼠爷爷欣喜地致辞说："感谢你们，本杰明和潘朵拉，你们这次表现得非常勇敢，值得拥有一枚**奖章**！你也是，茉莉，使用**超级胶水**的主意实在是太棒了！"

接着，他转向菲说："亲爱的菲，是你的勇气和智慧**拯救了**'银河之最号'。"

然后，爷爷又来到小赖的身边，赞赏他："勇敢的小孙子，面对危险时，你能够冷静想出糖盒子的**方法**，实在是太机智了，你让我看到了我年轻时的身影！"

坦克鼠爷爷

在夸奖的对象中，当然也少不了**费鲁**，爷

爷感激地说:"你是我们'银河之最号'上最不可或缺的科学家。"

最后,他对我说:"小孙子!我也不知道为什么,这次你看上去好像没有以前那么**傻**了!真奇怪!"

接着,所有鼠开始**欢庆胜利**,在举杯的时候,大家一起唱起了《太空鼠之歌》。

而我却只想尽早回到自己房间,开始着手**写**我的新小说,我想正好可以把这次的**冒险**故事作为主题!

不知道我亲爱的读者朋友们是否会喜欢这个故事呢……

太空鼠之歌

没有任何危险,
能够让我们的心退缩!

我们是太空鼠,
我们是伟大的探险家。

对于我们来说,
永恒的友谊远比奶酪更重要!

太空啊太空,我的家,
宇宙处处是我家!

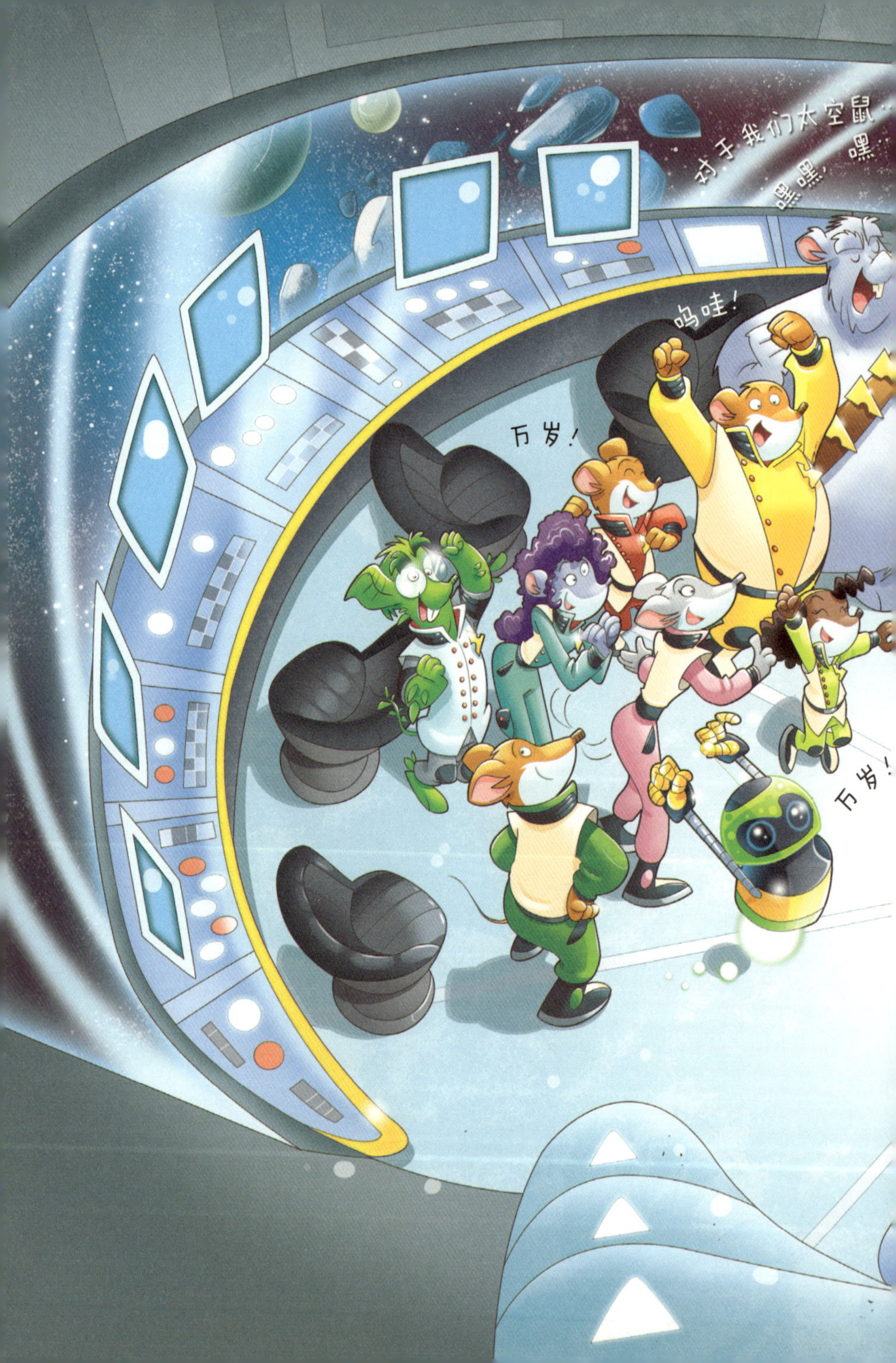
对手我们太空鼠……
嘿嘿，嘿
呜哇！
万岁！
万岁！

"银河之最号"万岁!

太空鼠们,我为你们感到骄傲!

宇宙探险笔记

部分外星人的信息需要你来补充哦！

外星人档案 I

果冻怪

特点：

力　　量：☆☆☆☆☆
智　　慧：☆☆☆☆☆
战 斗 力：☆☆☆☆☆
危险级别：☆☆☆☆☆

嘭嘭

特点： 催眠他鼠，令鼠兴奋

力　　量：★☆☆☆☆
智　　慧：★★★★☆
战 斗 力：★★★☆☆
危险级别：★★★☆☆

七爪人

特点： 拥有绝技"旋风爪"

力　　量：★★★★☆
智　　慧：★★☆☆☆
战 斗 力：★★★★☆
危险级别：★★★☆☆

欢迎在下面空白处加上你的新发现!

黏液人

特点: 身上黏糊糊的

力　　量：★★⯪☆☆
智　　慧：★★★☆☆
战 斗 力：★★★⯪☆
危险级别：★★★☆☆

宇宙恐龙

特点: 鼻子突出,四肢短小

力　　量：★★★★☆
智　　慧：★★☆☆☆
战 斗 力：★★★☆☆
危险级别：★★★⯪☆

特点:

力　　量：☆☆☆☆☆
智　　慧：☆☆☆☆☆
战 斗 力：☆☆☆☆☆
危险级别：☆☆☆☆☆

特点:

力　　量：☆☆☆☆☆
智　　慧：☆☆☆☆☆
战 斗 力：☆☆☆☆☆
危险级别：☆☆☆☆☆

太空鼠船员专属百科

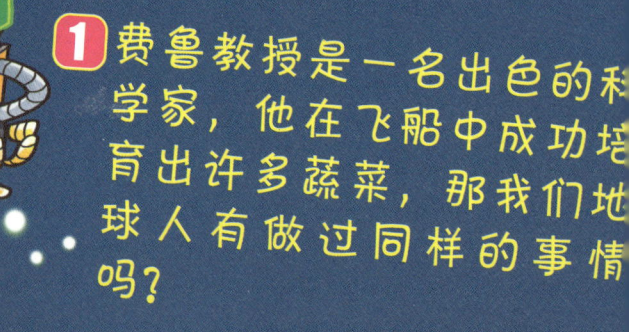

1 费鲁教授是一名出色的科学家，他在飞船中成功培育出许多蔬菜，那我们地球人有做过同样的事情吗？

答案当然是有啦！2016年，中国航天员就在"**天宫一号**"空间站中成功培育出生菜。这可不是一件简单的事情。首先，航天员要搭建一座特殊的"白房子"，它不仅可以保护种子，还可以监测土壤中的养分含量和植物的光合作用；接着在"白房子"里铺上一层叫"**蛭石**"的矿物质，浇水后撒上种子，再盖一层保鲜膜防止水分流失。等种子发芽后，航天员每天还得花上10多分钟精心照料它。第一次种下的生菜种子在第四天发芽，照顾生菜的航天员兴奋地和生菜芽进行了合影。在太空中**培育蔬菜**，不仅能提高航天员在太空中的生活质量，同时还为人类未来的太空之旅做好了准备。

2 暴露身份后,果冻怪伪装成各种物品逃走了,太空鼠们费了好大劲儿才找到他!其实,地球上也有一群擅长伪装的动物呢!

自然界中有一种叫"拟态"的生物现象:为了得到某种好处,一种生物会把自己伪装成另外一种生物或环境中的某种物体。比如,有种**蝴蝶**会伪装成一片枯叶,从而躲避天敌的捕食;有种**毛毛虫**长得很像蛇头,能吓退一些胆小的捕食者;也有一些捕食者会通过模仿猎物来靠近猎物……怎么样,它们是不是都很聪明?在这种现象中,模仿其他生物或物体的一方叫作"拟态者";被模仿的一方叫作"模拟对象";被欺骗的一方叫作"受骗者"。一般来说,拟态者都有很高明的伪装技巧:弱小者会把自己打扮得凶狠一点;强壮者则努力掩饰自己的攻击性。

一起来发现书中的一些小秘密吧！

新船员，现在轮到你上场了！

1 众所周知，一名优秀的厨师离不开他心爱的厨具。可果冻怪登上飞船后，咔嗞围裙口袋中的厨具不翼而飞，这可不太妙！咔嗞正在寻求帮助，请你仔细搜查《牛奶任务》这一章，找到遗失的厨具！

2 狡猾的果冻怪变成太空鼠的模样成功欺骗了大家，这决不是巧合，其实早在被邀请登上"银河之最号"前，他就已经偷偷潜入飞船，仔细研究过大家。我们已经得到如下线索，请你快速把果冻怪揪出来吧！

①果冻怪变成了消防器具。
②无论伪装成什么，果冻怪都无法改变自己的颜色。
③他藏在一个极热闹的地方，以至于大家都没有注意到他。

1. 蘭貝貝在81页、83页、84页。

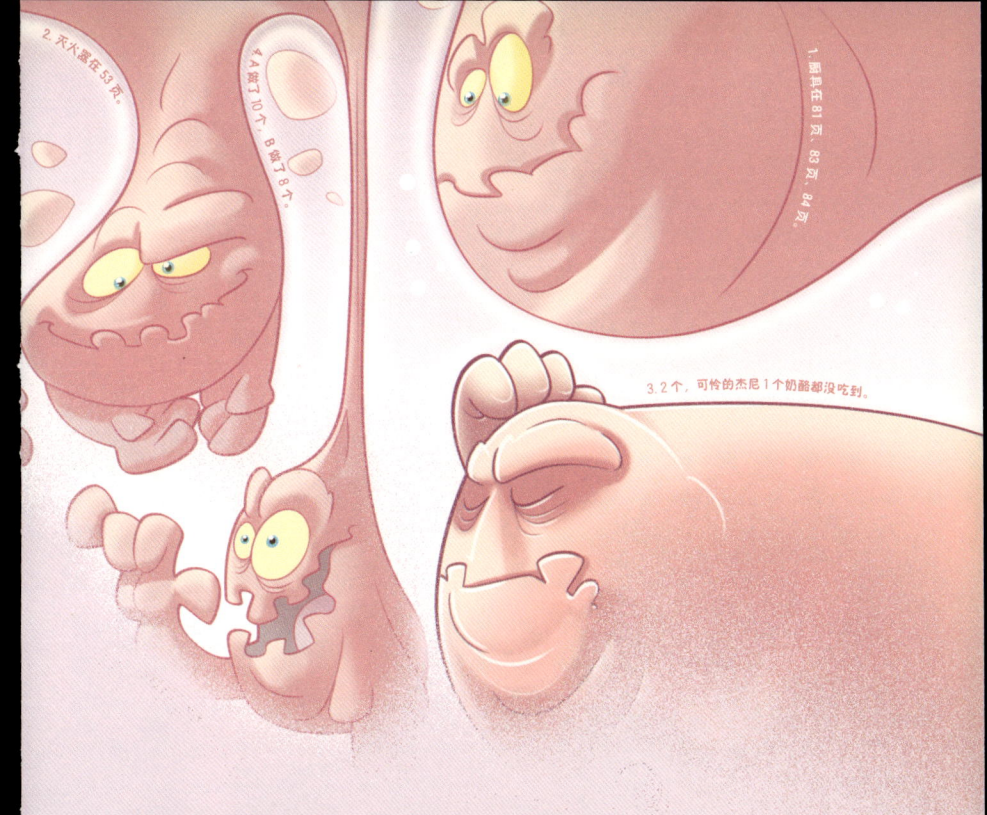

2. 灭火器在52页。

4. A做了10个，B做了8个。

3. 2个，可怜的杰尼1个奶酪都没吃到。

3 杰尼有一盒火星烟熏奶酪，他每天都会从盒子里取出一半，可想起自己要减肥，他又会放回去1个。3天后这盒奶酪还有2个，请问原来这盒奶酪有多少个？

4 成功完成任务后，咔嗞为大家准备了丰盛的庆功宴。咔嗞新研制了两种高级菜肴A和B。其中A需要使用2个宇宙奶酪和1片月亮姜片，B需要使用3个宇宙奶酪和2片月亮姜片。已知咔嗞用了44个宇宙奶酪和26片月亮姜片，请问A和B各做了多少个？

所有答案都在本页，请你仔细找找哟。

我是斯蒂顿船长！菲，快报告在外太空的探索情况！

报告船长！我是菲……

你被耍了，表哥！

哇啊！！！

哈哈哈！整个宇宙是我的！

亲爱的新船员,
你们喜欢读星际太空鼠的冒险故事吗?
请大家期待我的下一本新书吧!